풀꽃 같은 인생

풀꽃 같은 인생

이필정 아홉 번째 시집

대양미디어

시인의 마음

목련이 잎을 피우기도 전에 꽃을 피우듯, 눈을 감고 세상을 보면 더 넓고 아름다운 세상이 펼쳐지듯, 산이 깊으면 골이 깊고, 굽이쳐 흐르는 천川도 강폭을 더해 가듯, 인생도 때로는 넘어지고, 일어서고, 생채기내며 삐거덕 삐거덕 살아가지요.

이런 삶 속에서 마음의 설레임으로 개인적인 체험이나 생각을 통해 느끼고 경험을 토대로 정신세계의 발상과 삶의 무게를 '시' 라는 글귀로 증류하여 무無(精神)의 세계와 유有(物質)의 세계를 넘나드는 욕구를 충족시키고 독자들의 감동을 얻고 공감하면서 서로의 감정을 나누는 계기를 마련하고자 합니다.

아직도 부족하고 미숙하지만 시인으로서 독자들과 교감하는 날까지 비상하도록 하겠습니다.

모든 사람들이 순수하고 아름다운 마음으로 긍정적인 삶을 살아가길 바라며 제9집을 발간하기까지 응원과 격려를 보내준 아내에게 감사하고 또 한 권의 시집을 탄생시킨 대양미디어 서영애 대표께도 심심한 사의를 표합니다.

『풀꽃 같은 인생』의 시를 읽고 계실 독자께서도 나의 설레는 마음이 잘 전달되었으면 좋겠습니다.

여러분 사랑합니다.

2019 기해년 봄날에
지은이 씀

차 례

9

제1부
여보게,
친구

바 램

왕성한 경제활동 하자던
무술년戊戌年 한 해가
들판에 걸린 황금빛 노을 앞에
탈진한 채 떠난다

들녘 지키던 장수 허수아비도
작은 새들 심장을 놀라게 한 죄로
세상의 파편인 종말 앞에
허무와 참회의 눈물 흘린다

미련의 인연과 결정물의 평가가
심판의 날처럼 서니
한설에 떨어지는 홍시 같은 눈물
적폐가 되어 사라진다

밝아 오는 기해년己亥年은
더도 말고 덜도 말고
고향땅 이팝나무 하얀 꽃처럼
흰쌀밥 배불리 먹을 수 있으면 좋겠다.

기해년 새해 아침

굽이굽이 모락 산길 따라
높지도 낮지도 않게 다다른 정상

알몸의 참나무 병풍으로 둘러서
비사의 내력 엿보니
신년 새해 소원 몰고 온 사람들

자연을 아끼고 사랑하는 마음
풍물놀이 장단에 어깨춤이 절로난다

기품 있는 미소와 자태
청초한 여인의 숨결처럼 안온하다

안혼한 여인의 꿈결 품속
불타는 열정으로 꿈과 충만이 교감한다면

붉게 떠오르는 태양
대한민국의 번영과 평화
의왕시민의 행복 꽃이 되리라.

＊ 2019. 1. 1. 의왕시 모락산 해맞이 행사

여 명

칼바람이 볼을 스치는 새벽
희미한 어둠사이
운동복 차림으로 길을 나선다

기우는 얼음하늘 을씨년스럽고
벌거벗은 나뭇가지 끝
갓 걸린 초승달 가슴 시리다

녹아내리던 눈 덩이
추녀 끝 고드름 되어
땅 끝 겨누는 여명의 순간

얼어붙은 새벽하늘가
붉은 빛 태양
한 아름 희망으로 다가온다.

다 짐

새해아침
희망찬 붉은 태양
산등성을 박차고 솟아오른다

삭풍朔風에 시달린
가지에 눈꽃이 피던 날
새로운 인생길 찾겠노라
다짐해 본다

세월 속에 추억하나 있었지만
이루지 못한 꿈은
다시 돌이킬 수 없는 흔적일 뿐

이제라도
새로운 인생의 목표를 설정해
그 목표가 성사되는 날까지
이 한 몸 불태워 보리라 다짐한다.

소 망

실개천 작은 물소리에
수런수런 새벽이 깨어나고
모락모락 수증기 피어오르면
까치들의 아침인사
세상을 밝히는
하얀 눈꽃 마음 하루를 연다
어찌 저리 부지런한가
까치는 이 나무 저 나무 옮겨가며
새 집 지을 곳 찾아 곡예 하더니만
개천 둑방 위 은행나무 가지사이
엄동설한 한파도 잊은 채
부리 끝으로 새 보금자리 만들어
당신만을 사랑해요
부부금슬 다산소식
기해년 황금돼지 만큼
다복하게 살아가길 소망한다.

여보게, 친구

여보게 친구
내 술 한 잔 받으시게
우리가 언제 또 만나
술 한 잔 나눌 수 있겠는가

살아 있으면 만날 것 같지만
머리가 희끗희끗 백발이 되어가고
육신은 병들어 아프니
푸른들 낯익은 거리 한가히 볼 수 있겠나

아무리 퍼 올려도 부족한 정
들녘에 핀 아름다운 꽃
추수가 끝난 가을 들판에 지는 해
같이 볼 날도 기약 없으니

여보게 친구
자네도 만난 김에
따뜻한 정 잊지 말고
네게 술 한 잔 주시게나.

새내기 까치부부

새내기 까치부부
정월 초하루
가로수 꼭대기 터전 잡아
삭정이 집지어
새 꿈 펼쳐 보고픈데

처녀 신축공사
삭정이 쌓고 쌓아도
바람에 떨어지고
언 발가락에 채여 곤두박질치고
상량이 싶지 않네

벌써 남들은
사랑 세리머니
새 꿈 펼쳐 가는데

신접살이
언제나 보금자리 완공해
새 생명 잉태하려나
애타는 마음만 졸인다.

아침 풍경

거실 소파에 앉아
창밖 바라보노라면
이른 아침 수십 마리 물까치 떼

공중제비 하며
친구들 모으는 노랫소리
아침을 깨운다

화단에 사뿐히 내려 앉아
울밑 모래 틈에 머리 박고
쫑알쫑알 쪼아 댄다

전원 마을에서 만끽하는
새들과의 교감에
붉은 태양 슬금슬금 산 정상을 넘는다

눈부시게 떠오르는 태양
바람에 구름 가듯, 구름에 달 가듯
오늘도 힘찬 발걸음 세월 속에 묻는다.

아쉬움

시다분찬 내리는 봄비는
잠자는 뿌리를 깨우는데

사람들 마음에 뿌리는
언제나 깨울 수 있을까

시기 질투 반목
마음속 응어리는 깊어만 가고

화합 협력 배려
어디에 있는지 찾기 힘드네

세상은 변해만 가고
사랑 신뢰 믿음 작은 희망은
세상이 녹록치 않아 그런지

사람들은 허구한 날
가쁜 숨 몰아내며
세월만 보낸다.

포도나무

나무마다 봉긋한 꽃망울
터질 날 기다리고
대지 위 작은 생명들
스멀스멀 기지개 펼 때
포도나무 한그루 심는다

마른 가지에
새순 돋아 꽃피면
벌 나비 찾아들어
향기로운 사랑
송이송이 열매 맺고

비바람에
탱글탱글 영글면
손자 녀석 고사리 손으로
추억 하나 둘 따겠지.

화수 화해당

가슴 따뜻해지던 사월 스무날
초록 봄이 내려앉은 정원
바람이 푸르디푸르다

모락산 싱그러움 속에서
색색의 봄꽃들 수를 놓고
예쁜 꽃냄새 가슴속 파고든다

친구가 심어준 화수 화해당
연분홍 꽃잎 흐드러져
오가는 발길 떠날 줄 모른다

내 인생의 봄날은
우리 집 뜨락 꽃물이 흥건한
바로 지금이 아니던가.

봉선화

울밑 예쁘게 핀 봉선화
아씨 손가락 곱게 물들여 놓고
삼복더위 자줏빛 화장하더니
겨드랑이에 꽃자루 품어

보송보송 무성한 씨방
종족의 씨앗 가득 채워
사랑을 시작했네

연초록 씨 주머니 갈색으로 변해
충만한 씨방 속 씨앗의 숨결
씨방 껍질 두드리니
뚝 하고 씨앗이 쏟아진다

이리 저리 흩어진 씨앗
한겨울 눈 덮고 죽은 척 하더니만
새봄 성급하게 싹을 띄워
아씨 손가락 곱게 물들일 날 기다린다.

오월 장미

새색시 볼처럼
부드러운 바람
울안 숨어들어
나불나불 뿌린 봄소식에
몽글 몽글 피어난 넝쿨
보름달 빛에 만삭둥이
엉겁결에 화사한 미소
겹겹이 사랑꾼 되어
얼싸 안고 밤을 지샌다.

제2부
추억의
사랑 노래

농부의 기도

운동화 두 짝
흙 가득
침묵 가득
햇살 무게
삽날에 실어

뽀송한 흙 세워
밭이랑 일궈
세월을 심는
농부의 손길

일 년 농사 풍년 되어
살림살이 늘어가길
거친 두 손 모아
간절히 기도한다.

열대야

끈적이는 등짝
엎치락뒤치락
열대야에 잠 못 이루는 밤

쫓기고 쫓기는 악몽
꿈속 고함소리에
신령도 놀라 깬다

마음 다잡고
단잠 청해 보지만
육신은 늘어져
밤하늘 별들도 잠 못 이루고

설친 꿈결
아침 깨우는 산새들 노래 소리에

파란 하늘
강렬한 태양 품고 있다

오늘도 따가운 햇볕
대지를 쪼아 댄다.

폭 염

산골집 멍석위에 누워
밤하늘 별을 세며
웃음꽃 피우던 시절

모깃불
풀냄새 향기
온몸에 퍼져오면

오순도순
수박 빠알간 속살 베어 물고
기뻐하던 모습 오간데 없고

폭염에
지친 사람들
활기를 잃어간다

솔바람이라도 불고
소낙비라도 내려
불덩이 우주를 식혀 주면 좋으련만

불볕더위는 계속된다.

구절초

몇 날 며칠 웅크리고 있더니만
가을바람에 맵시 있게
갓 피어난 구절초

무더운 여름을 견딘 의지로
닫혀진 소녀의 가슴에도
바람을 일게 하는 꽃
그 어느 꽃보다 은은하구나

벌 나비 찾아들어 씨방만 남긴 채
가을 꽃 지듯
사랑은 그렇게
한순간에 살며시 떠나버렸다.

숨바꼭질

나뭇잎 부대끼는 소리에
산새들 잠들고

도토리 구르는 소리에
다람쥐 두 귀 쫑긋

갈바람 소리에
풀벌레 울음 영글고

달빛에 산 노루 달려와
풋풋한 잎새에 목욕할 때

밤하늘 별들은
가는 세월 붙잡고
숨바꼭질 한다.

원두막

언덕 위 자리 잡고
눌러 앉은 원두막
오가는 길손 불러 모아

냉수 한 사발에
온갖 풍상 풀어
바람도 숨죽이고

하늘 높이
잠자리 떼 떠도는
여유로운 도시 농촌 마을

갓 따온 오이생채에
밥한 술 비벼
나누는 정 잊을 수 있을까

친구가 그리워
말동무가 그리워
오늘도 내일도 찾아가는

의왕 오매기마을
친구네 원두막
천국이 따로 없네.

알 밤

어둠이 채 가시기도 전에
눈에 불 켜고
알밤 주우러 나간다

남보다 부지런해야
하나라도 더 줍지

개천 둑 즐비한 밤나무
밤새 바람에 알밤 토해내면

새벽 별도 개천 물에 주저앉아
알밤 주워 모은다

어린 시절 부지런 떨며
알밤 항아리 가득 채워

어머니 장에 가시던 날
팔아 달라 보채던
아련한 기억 새록새록 하다.

낯 달

백운산아 백운산아
네가 낯달을 안고 누웠구나

통신탑 무게 이기지 못해
머리칼 빠지고
눈멀고, 귀도 먹었구나

의왕 왕림마을
매화꽃 가득한데

빛바래고 사그라진 낯달은
백운산 품에 안겨
세월 가는 줄 모르는구나

어젯밤 떠난 영혼
잠들 수 있게
백운산 품 내어 주지 않으렴.

* 왕림마을 : 경기도 의왕시 왕곡동 백운산 아래 위치한 자연부락

커피 한 잔의 유혹

어둠이 내려앉은 길모퉁이
구멍가게 의자에 앉아
멍하니 넋 놓고 있을 때

무심히 건네는
따뜻한 커피 한 잔
사랑의 영혼이 보내온 손길

따뜻하고 순수하고 오묘한
커피 향이
전신을 유혹한다

몸도 마음도 따뜻하게
손안에서 입으로
가슴에 녹아내린다

떠나는 길
그리움이 식으면
다시 너의 온기를 느끼고 싶다.

차 한 잔의 여유

빨간 불이 얼비치는 인덕션 위
보글보글 소리 내어
끓기 시작하는 찻물
내 마음속 서러움과 노여움
복잡한 상념도 찻물 끓는
소리와 함께 부서진다
쌉싸래하게 느껴져 오는
허상에 집착 말고
남아 있는 시간에 충실하리라
벗과 마주 앉아 시간을 지새우며
푸른 내음의 차 한 잔도
새로운 각오로 달콤히 마신다.

추억의 사랑 노래

월月색은 고요히 흐르는
한강 물 위에
고스란히 비춰지는데
천년가약 이런가

수양버들 한들거리는
달빛 아래 두 남녀 그림자
금강산 꼭대기에 핀
꽃 봉우리 같이 아름답구나

서로 허리 감싼 입맞춤
바람에 머리카락 날리며
달콤한 사랑 속삭인다

이처럼 아름답던 세월은
어느덧
흰머리 하나 둘 늘어
추억의 뒤안길로 들어 눕는다.

풀꽃 같은 인생

폴폴 날리는 흙먼지 간신히 모아
맹렬하게 싹 틔우는 풀꽃
화려하지도 빼어나지 않아도
지천에 꽃 피운다

풀꽃이 열리는 순간
아주 작은 풀씨 하나
온 힘을 다해
아침 햇살 강아지풀 쓰다듬듯

자연이 준 인생도
척박한 땅바닥에서 시작해
단어 몇 개 얼기설기 붙잡아
미완성이 완성이 되기까지

일어섰다 넘어지고
넘어졌다 일어서는
보잘 것 없는
풀꽃 같은 인생인 것을……

마음 여행

밤하늘 반짝이는 별
백운산 통신대 네온
뷰가 아름다워
나무 등걸에 걸터앉아
냉바람과 입맞춤한다

밤하늘 별을 세며
지나간 세월 되짚어 봐도
인생을 잘 산건지 못 산건지
눈도, 귀도 먹었구나

흐르는 냇물이
밤하늘 달빛을 모아
축제를 여는 어유로움
백운산 비행항로 따라
여객기 아스라이 지나가면

내 마음 속 추억여행
비행기에 몸을 싣고
백운산 정상을 넘는다.

제3부
아름다운
노년

사랑의 파노라마

하늘 치맛자락 들춘
모락산 돼지바위에 걸터앉아
하하하……
철쭉꽃보다 아름답게 핀 웃음
흘러내리는 소리에
산 오르던 발길 쉬어가고

산마루 계단
풀꽃이 걸터앉아
꽃바람에 실려 오는
훈훈한 마을소식 반가워
덩실덩실 춤추고

봄처녀 작은 가슴
봉긋봉긋 애정이 싹터
시나브로
사랑의 파노라마 시작된다.

가 을

마을 둘러싼
가을 산자락에
진홍빛 노을
유난히 눈부시다

연분홍 보랏빛
대문 앞 살살이
풍성한 가을바람에
짙은 화장을 하고
노을빛에 춤춘다

감나무 가지 끝
붉어가는 홍시
단물 되어
새들을 유혹한다

나는
가을풀벌레 소리에
귀 기울이며
곱게 물든
가을 속 깊숙이 젖어든다.

* 살살이 : 코스모스

가을연가戀歌

가을은
내 가슴을 온통
순홍으로 물들여 놓고
시詩가 되어 미소 짓는다

어쩌라고
산山 빛은 저리도 고와
마음을 앗아 가는가

물빛은
저리도 파랗게
세상을 적시는가

노오란 은행잎들은
추억의 갈피에서
내 마음을 흔든다

바람과 함께
마주 앉아
석양주를 마실까

구름과 함께
단풍 그늘에서
사랑노래 부를까

시리도록 아름다운 가을에는
꿈도 날마다
천연색으로 꾼다.

가을날에

들판에 쏟아지는
저 넉넉한 햇살

수줍어 얼굴 붉힌
저 홍시들

고개 숙인
저 이삭들

가슴을 씻어주는
저 바람

나날이 높아지는
저 하늘

깊어가는
가을날에

고삐 풀린
망아지처럼

뛸 수 있어
참으로 행복하다.

잊고 싶은 기억

사람은 겪어봐야 안다고
세월 따라
인연 끈 풀지 않으려
안간힘 해도
속마음 파일에서
시나브로 멀어지는 것은
서운한 감정으로
사랑도 인연도
널브러진 세월 속에
야속한 기억만 남긴 채
그렇게 잊혀져 간다.

신세대 열풍

물안개 피어올라
산허리 감아 도는 산골
냇물소리 정겹고

뒤척이던 새벽달
하룻밤 손님되어
감나무 가지 위에 걸렸네

봉숭아꽃 핀 장독대
구수한 장 익어가는 냄새
밤하늘 별이 되어 떠돌고

가뭇없이 이어지던 마을 풍속
밀려오는 신세대 열풍에
가람물 되어 사라진다

예쁜 노을 품고 흐르는 냇물소리
목련꽃 피우는 노랫소리
다시 들을 수 없을 것 같아 서럽습니다.

인연의 끝자락

인연은 흐르는 물이려니

잘해 보자고 인연 맺어
사업 파트너로 함께한 세월
기억의 끝자락 붙들고 안간힘 써도
걸음 멎게 하는 단절의 벽
못 본 채 발길 돌리는구나

인연은 스쳐가는 바람이려니

모진 바람 불어
상처만 주고 떠나는 사람
다시 생각하고 싶지 않은
인연의 끝자락

삶의 여정 수없이 부대끼어도
참고 인내한 세월 야속하여
앙금 쉬이 가시지 않는구나.

인생길

흘러가는 인생길
하늘 같은 것
구름 같은 것
없는 길 찾다보면
돌부리에 채이고
나뭇가지에 긁히고
구렁텅에 빠져 허우적대다
세상바라는 눈과 생각이
해 맑은 호수처럼 반짝일 때
험한 인생길도
달콤한 꽃이 피고
행복이 찾아 들어
순탄한 인생길 펼쳐진다.

멋진 하루

지저귀는 새소리
맑은 물소리
꽃 피는 소리
모두가 일상이란 걸

많은 것 너무 큰 것
욕심내지 말고
네게 주어진 하루도

소중히 여기고
예쁘게 채워가는
아름다운 사랑으로

손에는 나눔이
발에는 건강이

얼굴에는 환한 미소가
마음에는 여유로움이

온 세상 가득 무지갯빛
멋진 하루가 되었으면 좋겠다.

아름다운 노년

사람이 태어남은
신이 주는 선물이고

건강한 젊음은
자연이 주는 축복이라

나이 든 사람은
사람이 만드는 것이고

산전수전 다 겪어
사람 되었나 싶더니

어느새 나이 들어
예술작품 되고 말았네

아름다운 노년
나이 들수록 자기관리 잘해

우아하고 중후한 노신사
하루하루 멋지게 살아 가려만
허리가 자꾸 굽어가네.

이 순耳順

삼라만상森羅萬象
저리도 아름답구나

들녘
높은 하늘
산천초목山川草木

오늘도
낯빛에
더욱 푸르구나

세월이
잠시 머문
이순耳順의 둘레

손자손녀
초롱한 눈
손뼉 치며 축하하네

어느새
여기까지 왔나
사람 그리워

아무래도
한 박자
쉬어가야겠다.

환 갑

강가에 홀로 앉아
지난 세월 뒤돌아보네

흐르는 물처럼
굴곡 있는 삶 후회는 없다

세상에 태어나
갖가지 시련과 기쁨
어느 누군들 겪지 않았겠나

어느새
손자 손녀 재롱에
웃을 수 있는 나이가 되었으니

내 생의 환環을 꿰어가던
옥구슬 하나 놓쳐 아쉽지만
가슴은 저 달처럼 점점 커져가네

풀꽃 향기와 풀벌레 노랫소리
낮과 밤 두 개의 환環
조화로 굴러가는 인생의 무게

잃어버린 옥구슬 찾지 않고
하늘로 오르는 일이라 여기며
더 멋있게 더 행복하게 살아간다.

행복을 만드는 사람

잊지 말아요

당신은 행복을
만드는 사람이란 걸

향기는 꽃에서만
나는 게 아니라

좋은 인연에서도
향기가 난다는 걸

당신과 함께 있으면
내 마음 안에서도

향기가 뿜어져 나와
온 세상이 아름답습니다.

제4부
그리운
어머니

참 꽃

수줍은 듯 바람에
연분홍 입술 다물며
다소곳이 숨죽이고 있는
너의 모습은
아리따운 여인인가

산 정상에 서서
온갖 풍상에
들려오는 세파소식
꽃잎에 묻어 둔 채

산객을 맞으며
온몸 내어 주는 참꽃
홀로 피었다 지더라도
영원히 잊을 수 없는
참 행복 되어준다.

＊ 달성 비슬산 산행
＊ 참꽃 : 잎이 나오기 전에 핀다하여 붙여진 이름으로 진달래꽃을 일컫는다.

선남선녀 결혼하는 날

하늘빛이
청옥같이 빛나는 날
아들이 배필을 만나
장가를 가네

세상 하나밖에 없는
백합꽃처럼 향기롭고
모란꽃처럼 예쁜
신부를 만나 사랑꽃 피우네

풀 향기와 풀벌레 노래 소리
조화로 굴러가는 사랑 마차를 타고
청춘을 불태워
축복 속에 결혼을 하네

달콤한 꽃 이야기
세상 가득 채워
귀 울림으로 젖는 꽃잎 속에서

파릇파릇
싱그러운 세상이 열리듯

자식 낳아 키우며
축복으로 하늘땅만큼
행복에 겹도록 사랑하며
지혜를 모아 예쁘게 살아가렴.

집들이

행복한 미소
달콤한 사랑
눈빛 대화

알콩달콩 신혼살림
정성을 담아
한상 폼 나게 차려

부모 형제 초대해
웃음가득 행복가득
잔치 잔치 벌렸네

맛난 음식
처음 해 보지만
칭찬 일색일세

깨소금처럼 고소하게
신혼의 꿈 펼쳐간다.

태안 둘레길

노을빛이 아름다운
서해 바다
은빛 물결로 일렁이고
해송은 화려한 터널을 이룬다

곱게 핀 갯메꽃 사이로
푸른 하늘
땡볕 내리 꽂아
둘레길 걷는 사람들 힘겹게 한다

젊음으로 가득한 태안 둘레길
간간이 불어오는 바람에
꽃잎 살랑대며
지난날 일깨우듯
짙은 향기 코끝에 머문다

무성한 녹음이
눈부신 빛깔로 성숙할 때
해송은 둘레길에
축제의 터널이 되어준다.

광교호수의 사계절

봄이면
줄지은 왕벚꽃 수양벚꽃
유혹의 길

길게 늘어선
상춘객의 발걸음
물오리 떼와 동행하고

꽁보리밥에
색색의 나물 넣고
슥슥 비벼 먹는 맛

도토리묵에
막걸리 한 잔 더하면
부러울 것 없고

채소 향기
밭마다 가득 가득

주인 기다린다

푸르름 한 틈에서
빨간 손을 내민
단풍나무 어울림

울긋불긋 단풍
물에 쏟아져
가을 햇살에 눈부시다

하얀 겨울
찬바람에
세월은 하염없이 흐르고

광교호수는
겨울잠에서도
새봄 꿈을 꾼다.

그리운 어머니

신록이 우거지던 날
백일홍 꽃을 피워
연분홍 속살 드러내어
청춘을 예찬한다

땀으로 온몸을 적시며
고된 삶을 이겨내던
덩굴손처럼 가냘픈
미소가 아름답다

집채만 한 파도와 세찬 풍랑에
유유히 그을린 구릿빛 얼굴로
삶을 건져 올리던
인내가 향기롭다

마음에 생긴 가시들은
마음에 앙금 끓으면 사라진다며

일깨워 주던
가르침이 평화롭다

굽이굽이 생로병사 인생의 고갯길
홀로 말없이
니르바나 연꽃향기
그윽한 길로 떠나시다

언제 다시
무지개 꽃그늘이 아름다운 날
내 곁에 신록으로 다가와 서성이는
흔연한 어머니를 볼 수 있을까.

이 별(7재 중 초재 축문)

우주 안의 존재
인생 살아가는 동안
꽃길도 있고 고행길도 있지만

한평생 정직 부지런함으로
일직 손씨—直孫氏 가문 세우고
조부의 유훈 모두 이루니

잊고 살던 아픔
자식 걱정될까 노파심절老婆心切
홀로 병원 찾아갔지만

시간적 한계를 넘어
돌연 집으로 귀환
가을 달빛에 이별을 서둘러

사랑의 그리움 뒤로한 채
만추의 낙엽처럼
영원히 먼 곳으로

꽃길 따라 떠나니
이 슬픔 어찌 하리오
오열의 눈물만 하염없이 흐른다.

* 경남 밀양시 무안면 사명대사 생가로 444-83(중산리) 부처님마을 도량
  장인어른 소천하시고 49제 기간 초제부터 7제까지 축문시를 상제喪祭
  한다.

당신이 그리운 날(7재 중 2재 축문)

낙엽 뒹구는 소리에
마냥 기다려도 오지 못할
먼 곳에 드신 당신이 그리운 날

염원은 시간되어 흐르고
생명 다한 낙엽
바람 되어 흐느껴 운다

인생 여로에서 긴 날 함께 했던 당신
어렴풋한 회상으로
낙엽냄새 위로에 젖어

자식들은 저마다 갖가지
괴로움과 슬픈 사연을 안고서도
꽃의 아름다움을 노래하지만

샘물같이 솟아나는 정도
담뿍 담겨 있는 애달픔도
떠난 당신 한없는 기다림으로

당신이 그리운 날
큰 사랑 가르침
행복한 삶의 지혜로 피어나길 기도한다.

장인의 삶(7재 중 3재 축문)

환상幻像의 꽃비
또 다른 삶의 흔적
숭고한 자식사랑
부성애父性愛 빛난다

뜨락 가득 입 다문 매화꽃
애정을 쏟으며 살았던 흔적들
윤택한 사랑의 묘약 되어

만개한 꽃 사랑하는 마음으로
살림살이 돌아가는 사정도
부지런한 겸손으로
청복을 누리셨네

표상表象처럼 과거를 재생하여
자식들 심상위에 그려 내어
라일락 향기 머물듯 흐르는 꽃잎에
마음도 따라 흐른다.

연 꽃(7재 중 4재 축문)

흰 꽃잎에 황금빛 꽃술 되어
한 가정의 가장으로
삶의 지혜 향기가 되고
샘물이던 당신이 그리운 날

꽃이 지고 나서야
그 소중함을 깨닫고
영전 앞에 무릎 꿇고 머리 조아린들
무슨 소용 있으리오

때를 잃어버린 어리석은 중생들
지울 수 없는 기억을 회상하며
자신을 생각하고 다시 보듬어 보는 순간
당신이 그리워 흐느낍니다

이승에서 못다 한일 있거든
영원의 목소리를 따르는 삶이 되어

어떤 환경 속에서도 굽힘없이
우리들로 하여금 성취하시옵고

하늘과 대지를 닮아
오묘한 진리를 일깨워
진흙에 뿌리박고 한 송이 연꽃으로
피어나길 기도합니다.

인 연因緣(7재 중 5재 축문)

생각을 담는 나무는 그릇과 같아
같은 뿌리에서 자라도
가지와 모양, 빛깔이 달라
오묘한 모습으로 굳게 살듯이

형제 자매간에도
갈등을 넘어 꽃을 피우는 것은
성찰을 동반하기에 혈육의 정으로
아옹다옹 살아가는 것이 아닌가

당신의 고단한 삶
흙과 더불어 살던 흔적들
아플세라, 뒤쳐질세라
자식 키우던 참사랑
어느 누가 흉내 낼 수 있으리오

이승에서의 실천은
구도의 길을 무언으로

수없이 피고 지면서 영혼을 일깨워

자식 행복 살피셨네

그리운 당신 음성 들려올 때

뒤돌아보아도 모습은 없고

찬바람 문풍지만 흔들고 지나갈 뿐

남기고 간 인연 언젠가는 꽃으로 찾아들겠지

장인어른 극락왕생極樂往生 하시옵길 기도합니다.

참 회懺悔(7재 중 6재 축문)

꽃은 졌다 피지만
사람은 지고나면
다시 피어나지 못함을
어리석은 탓에 깨닫지 못하여
장인어른 살아생전
감사한 마음 전해본 적 없고
마주 앉아 웃어본 적 없음을 후회하며
삼가 회환悔恨의 눈물과 참회懺悔로
영전 앞에 무릎 꿇고 두 손 모아
영원히 모자란 불초자식不肖子息
뒤늦게 정한情恨담아
보고 싶은 그리운 회오의 눈물로
보채며 불러보지만
내 안에 커다란 기둥은
참회懺悔 소멸의 업장
일체 마음 하늘의 뜻
돌아볼 수 없는 길 떠나시니

산천초목도 슬픔에 잠겨 목놓아 우는구나
슬픈 마음으로 두 손 합장하고
극락왕생極樂往生 하시옵기를 간절히 기도하오니
불멸의 사바세계에서 편안히 영면하시옵소서.

발 원發源(7재 중 막재 축문)

업장소멸消滅 해탈解脫
7재 중 막재

장인어른 영전 앞에
극락왕생 발원하옵니다

장인어른 가시는 길
아직도 영하의 날씨
눈발만 날리는데

눈부신 아침 햇살에
정갈히 몸을 씻고

이승에서의 인연
모두 내려놓으시고

별빛도 눈물에 젖어
슬픔의 벽을 넘으니

세월의 뒤안길에서
자비로운 곳 찾아

구구만리 떠나는 길
부처님의 가피력으로

구름 바람 물소리 벗 삼아
극락세계에 편안히 잠드소서

편안히 잠드소서!

고 희古稀

일직 손씨가―直孫氏家 사위되어
희로애락喜怒哀樂 함께 하며
웃음꽃 피우던 시간時間들
주마등처럼 스쳐 지나간다

봄소식에 놀란 매화꽃
잠에서 깨어 꽃망울 터트리고
장닭 울음소리 집안 가득할 때
장모님 우리 곁을 떠나셨다

붉은 홍시 노을에 타고
마당 끝 오동나무 잎새 바람에 질 때
장인어른 긴 여행 떠나셨지만

천상天常의 인연因緣으로
동서지간
정精을 나눈 시간 얼마이던가

세월은 가람물 되어
큰동서 고희古稀 맞으니
장인 장모 생각 간절해도

오고감이 인생人生인 걸
어찌 윤회輪回를 거역할 수 있으랴
극락왕생極樂往生 바라옵고

오늘은 잠시 슬픈 마음 접어두고
큰동서 고희古稀 축하하며
산수傘壽, 졸수卒壽, 다수多壽되는 날까지
건강하고 행복하시길 기원합니다.

큰 동서 내외분 사랑합니다!

제5부
자연의
신비

빛 고운 가리산

일봉 암릉 위
금슬 좋은 바람
얼굴 마주하니
예쁜 그림 그려주고

갈참나무 사이로
하늘빛 드리워
주홍 빛깔 곱게 물들여
산객을 맞이한다

고운 단풍 예쁜 미소
삶의 무게에 멍든 사람들
가슴속 깊이 파고들어
인생 꽃마차 되어준다.

한여름 연꽃 향연

소낙비 한 자락 스친 뒤
호수에 떨어지는 햇살
부리로 쪼아대듯
강렬하게 피부를 자극한다

은빛 치마폭 살짝 걷어 올린 춤사위
정갈한 여인의 자태로
호수는 더위에 술렁이고
기적소리 대지를 깨운다

절정의 아름다운 연꽃 밭
잔잔한 연꽃 향연에
뙤약볕도 떠나기 싫어
연잎에 눌러 앉았다

숨죽이고 누워 있는
왕송호수 왕골숲 사이

외기러기 목축이고
물오리 떼 날갯짓 더위 식힌다

하늘 펼쳐놓은 낙조의 노을길
화산 같은 폭염에도
연꽃은 지칠 줄 모르고
지천으로 피었다

호수길 따라 걷다보면
세상 소란함도
살인 더위도 잊은 채
사색에 잠겨 시간 가는 줄 모른다

＊ 왕송호수 : 경기도 의왕시 초평동에 위치한 호수로 레일바이크, 스카이
라인, 캠핑장 등이 완비되어 시민들의 휴식공간으로 각광을 받고 있다.

화양천 학소대

우뚝 솟은 바위
절묘하게 포개져
흐르는 계곡물에 발 담고

세월 가는 줄 아는지 모르는지
하늘 향한 우직함
소나무 그늘에 쉬고 있다

청학이 둥지 틀어
새 생명 잉태하던 곳
푸른 소나무 바위 끌어안고
청학 돌아오길 기다린다

도명산 출렁다리 아래
이름 모를 풀꽃
내리쬐는 뙤약볕에
애처롭게 졸고 있다

삼복더위 보양 산행길
간간히 불어오는 열풍도
자연이 주는 선물이니
감사한 마음으로 받아야지.

화양구곡 산행일지

몽글몽글 구슬땀
온몸에 차고 넘친다

산머리에 티끌하나 없는 하늘 이고
산허리로 푸른 바람이 휘감기는 시간

맑은 물소리 한줌 떠올리는 귀
화양천 계곡물에 잠기고

폭염 속 계곡 산행길
달구어진 산천은 열기로 가득하다

화양구곡 따라 걷고 걸어
닭백숙, 볶음탕 보양하고

다리 밑 화양천 물에 둘러 앉아
달콤한 수박 한 쪽으로
마음 다스려 더위 식힌다

구슬땀 흘리던 그 시간 생각하며
사연 실은 산행일지 펼쳐들고
무더위 이겨내야겠다.

강화 교동도

연백평야 턱 밑인데
오갈 수 없는 신세 되어
강 건너 바라볼 뿐

두고 온 부모 형제 생각에
잠 못 이룬 세월
눈물로 보낸 세월
야속하기만 하구나

마주하면서도 못가는 고향
한강 임진강 예성강물 하나 되어
바다로 흘러드는데
오갈 수 없는 실향민

자유로이 오가는 새들에게
고향소식 전해오길 기다려 보건만
무심한 바람만 옷깃을 스친다

평화의 바람 불어

꿈같은 고향 찾아

부모 형제 부둥켜안고

격강천리隔江千里 메어지도록

울어볼 날이 오길 기대해 본다.

명성산 억새꽃

억새꽃 천지 명성산
은빛물결 출렁이는
산정호수 돌아
고즈넉한 햇살 물에 잠기면

낙엽 향香에 취해
산정호수 저녁하늘
꽃 동백 빛으로
젖는다

그리움은 또
구름과 동행하여
저 산山 빛
닮아 가는데

명성산 억새꽃
나를 부르네
마약 먹고 가라고……

아산 영인산의 고요

미세 먼지 없는 영인산
구불구불 숲이 어우러진
수목원 둘레길
서걱서걱 억새꽃 숲 소리
진한 마른풀 내음에
가쁜 숨 달랜 노송
바람과 대화중이다
연화봉 깃대봉 신성봉
젊음의 아픔이 서리고
장년의 서글픔이 배인 곳
국란의 서막은 무엇이란 말인가?
나라 잃고 통곡하던
영인산의 항전은
그렇게 끝이 났는데
산객들은 아무런 일도 없었다는 듯이
두런두런 이야기 꽃 피우며
흘러간 옛 노래 주저린다.

눈 덮인 정선 백운산 산행

백운산 설원
햇살에 은빛으로 반짝여
눈이 현란하다

하이원 호텔 마당
산행준비 분주하고
곤돌라 춤춘다

등산길 설원에
인간꽃 물들었네

차박차박 발소리
백운산 깨우고
마천봉 향기에
신바람 나게 몸을 흔든다

마운틴 탑 스키마니아
설원 누비는 바람소리

추억의 한 장르 연극이 되고

끝없이 오르내리는
눈 쌓인 산길
무릎까지 덮는데
웃음꽃 허공을 맴돌고

눈 속 나무 등걸에도
봄이 오는 건지
눈이 조금씩 녹아내리고
새순 밀어내는 속삭임 들려온다

길고 긴 산행길
짜릿한 감흥으로
인생의 한 페이지
아름답게 수놓는다.

겨울산행

우주의 한 작은 모퉁이
힘차게 걸어 오르는 길
차갑게 겨울비가 내린다

나목에 핀 서리꽃
눈물 되어 흐르고

산자락 뒹굴던 낙엽도
비에 젖어
안녕을 고하는 찰나

산은 사랑의 힘으로
차근차근
사람들을 부른다

산을 오르다 보면
바람이 몰려와 웃는 걸
몰래 볼 수 있어 좋다.

자연의 신비

흘러내린 산새가
여인의 가슴을 닮아
아름답기가 양귀비 허리춤 같구나

동강 물줄기 가뭄에 멈춰서고
투명한 얼음만
햇빛에 반짝인다

버들강아지 꽃 피우고
가지 흔들어
세찬 바람 이겨낸다

자연의 오묘함을
술잔에 가득 채워 나누니
꿈도 사랑도 배가 되는구나.

단양 카페산의 희망

차디찬 새벽 공기 가르며
구불구불 산길을 달려
카페산 정상에 오르니
단양군 전경이 한눈에 조망된다

세월을 낚는 사람들
차 한 잔에 언 몸 녹이고
벤치에 앉아 추억을 담는다

패러글라이딩
새가 되어 창공을 훨훨 날고
편견과 한계를 뛰어넘듯
더 높이 더 멀리 꿈을 향해
비상하는 용기가 대단하다

오늘밤

꿈속에서라도

패러글라이딩에 몸을 맡겨

지금까지와는 다른 꿈을 꾸고 싶다

반복된 꿈이 주는 의미가 아니라

한 마리 새처럼

멋지게 하늘을 날아

제2막 인생의 전환점을 맞고 싶다.

제주 바다 풍경

곤추선 절벽 아래
하얀 포말 소리
맺힌 가락 풀어내고
조류에 밀려온
섬 하나 둥실 뜬다

등 푸른 해무 속
튀어 오른 갈치 떼들
제주 바다 허기물고
들숨 날숨 몰아쉬며
서늘한 적조를 찢어
뭇 별 띄워 놓는다

한 오름 휘어잡은
굴곡진 분화구 너머
암자색 햇살 이운
귤나무 가지 끝 바다에
외로운 배 한 척 떠돈다

바위 끝 회를 치는
칼바람 달려와
회색빛 하늘 열고
재갈매기 길을 낼 때쯤
수평선 텅 빈 바다에
햇살이 출렁인다.

정선 함백산 겨울산행

겨울 함백산
눈꽃산행 기대했건만
흙먼지 날리는 가파른 오르막길
다색복多色服 인파에 떠밀려
정상에 우뚝 서니 발 디딜 틈 없고
차가운 바람 스멀스멀 기어오른다

주목군락지에 모여 앉아
환희의 몸짓 추억 하나 담아
하산길 정 나눈 입매로
원기 충전하고
응달 얼음길 살금살금 기어
산길 돌고 돌아 목적지 도착하니

한줄기 바람 불어와
냉한 기억들 펄~펄 날리며
소근 소근
꽃피는 봄 맞을 채비 서둔다.

향기로운 꽃으로 피워낸
삶의 궤적

金　鍾　祥

동시인 · 국제PEN과 한국문협 고문

山, 그 영원한 사랑의 대상

㈜공간지적측량 대표인 이필정은 국제PEN과 한국문협에서 활동하면서 민주평통자문회의 의장을 지냈으며 이미 시집을 여덟 권이나 상재한 시인입니다. 그런 만큼 이 시인은 시의 소재가 다양하고 주제도 뚜렷합니다.

그의 제7시집 『山이고 싶다』에서는 산행을 하면서 얻은 생생한 경험과 남다른 요산요수의 감동을 유감없이 펼쳐 보였습니다. 우리 조상들은 어느 민족보다도 산을 사랑하고 예우해 왔습니다. 그래서 산행도 입산이라 했습니다.

산과 인간을 수평관계로 보고 산의 품안으로 든다는 뜻입니다. 그래서 산에 갈 때는 산신의 허락을 받는 입산제를 올렸고, 집을 지어도 산의 품안에 안기듯 낮은 산자락에 지었습니다. 어머니가 아기를 무릎에 앉히듯 산이 마을을 품어 안고 있는 형상인 것이 그 때문입니다. 그러나 서양은 산행을 등산이라고 합니다. 산을 밟고 정상에 올라선다는 뜻입니다. 산은 사람과 수직관계이며 정복의 대상이라고 생각한 것입니다. 그래서 서양은 마을이나 성채가 산 위에 있습니다. 이필정 시인은 우리의 조상들처럼 산을 지극히 사랑하고 경이롭게 여기며 그 아름답고 신비로움을 찾아 이상을 높이고 건강을 다듬어 온 것 같습니다. 그런 정신은 이번 시집에서도 쉽게 찾아볼 수 있습니다.

> 흘러내린 산세가/ 여인의 가슴을 닮아
> 아름답기가 양귀비 허리춤 같구나
>
> 동강 물줄기 가뭄에 멈춰 서고
> 투명한 얼음만/ 햇빛에 반짝인다
>
> 버들강아지 꽃 피우고
> 가지 흔들어/ 세찬 바람 이겨낸다
> (아래 줄임)
>
> —「자연의 신비」 부분

산은 곧 자연의 대명사입니다. 산으로서의 자연은 우리를 낳고 기르다가 종래는 다시 받아 품어주는 어머니라고 생각했습니다. 그래서 옛 성인 장자莊子도 '산은 본연이 인간과 같다' 라고 했습니다. '산세는 여인의 가슴을 닮고, 아름답기는 양귀비 허리 같은 산 아래 강물은 멈추어도 투명한 얼음은 반짝이고 버들강아지는 꽃을 피우고 세찬 바람 이겨낸다' 는 이 시는 자연은 곧 사람과 같다는 것을 은유적으로 말하고 있습니다. 마약을 먹은 듯 정신없이 산에 취해 보라며 우리를 유인하는 것이 시인의 혜안으로 찾아낸「자연의 신비」입니다. 이렇게 자연을 찬미한 시는 여러 편입니다. 은물결로 출렁이는「명성산 억새꽃」, 나라를 잃고 통곡하던 젊음의 아픔을 품고도 말이 없는「아산 영인산의 고요」, 은빛 눈이 현란하게 반짝이는 백운산 설원과 신바람 나게 몸을 흔드는 마천봉 향기며 새순들의 속삭임이 들리는 나무등걸이 기다리고 있는「눈 덮인 정선 백운산 산행」등 모두가 산과 사람이 다르지 않습니다. 여기에서는 산이 곧 내 자신이고 내가 바로 산이 되고 있습니다.

아름다운 자연의 예찬

자연은 무한한 자원의 보고입니다. 삶의 터전이고 철따라 생각의 자양분을 다양하게 공급해 주는 문전옥답이고 매장량이 무진장인 광맥입니다. 봄이면 기대와 희망으로 마음을 설레게 하고, 여름이면 개방과 건강미가 넘치게 해주며 가을은 풍요와 애상에 가슴이 벅차게 하고 겨울은 회상과 고독의 긴 밤을 가져다주고 있습니다. 사람의 마음속에는 그런 변화에 따라 오욕칠정이 순환하게 됩니다. 이필정 시인의 작품에서는 그것이 어떻게 그려지고 있는지 아래 작품에서 살펴보기로 하겠습니다.

> 가을은/ 내 가슴을 온통
> 순홍으로 물들여놓고
> 詩가 되어 미소짓는다
>
> 어쩌라고/ 山빛은 저리도 고와
> 마음을 앗아가는가//
> 물빛은/ 저리도 파랗게
> 세상을 적시는가
>
> 노오란 은행잎들은
> 추억의 갈피에서
> 내 마음을 흔든다(아래 줄임)
> ─「가을연가」 부분

가을이면 오곡백과의 결실을 따라 마음이 풍요로워지기도 하지만 소슬한 바람에 흩날리는 낙엽을 보면서 애상에 젖기도 합니다. 그래서 이필정 시인은 「가을연가」에서 가을의 정취를 '노오란 은행잎들이 추억의 갈피에서 내 마음을 흔든다'고 했습니다.

그 다음은 꽃으로 눈을 돌려보면 '연분홍 입술 다물며 다소곳이 숨죽이고 있는 아리따운 여인' 같은 「참꽃」, '꽃이 피고 열매 맺어 영글면 손자 녀석들 고사리 손으로 추억을 따게 될 것'이라는 기대감을 그려낸 「포도나무」, '울밑에서 예쁘게 피어 아씨 손가락을 곱게 물들일 날을 기다리는' 「봉선화」, '서늘한 바람 속에서 청초하게 피고 있는 꽃송이가 소녀의 닫혀있는 가슴에 바람을 일으켜 놓고는 어느 한 순간에 소리 없이 떠나버리는' 「구절초」들은 곧 그 계절을 맞이하는 우리들 자신의 모습이기도 합니다.

어찌 꽃뿐이겠습니까. '땀으로 끈적거리는 몸이 악몽에 쫓기며 뜬 눈으로 밤을 지새고 나면 또 다시 대지를 쪼아대는 강렬한 태양을 만나 시달려야 하는 「열대야」나 '시골집 멍석자리에 누워 별을 세며 웃음꽃을 피우면서도 무더위에 활기를 잃어가던' 「폭염」의 기억은 여름 한철의 모습을 힘이 넘치는 필력으로 보여주고 있습니다.

'쏟아지는 넉넉한 햇살, 수줍게 얼굴 붉히는 홍시, 다소곳이 고개 숙인 이삭, 가슴을 씻어주는 바람, 나날이 높아가는 하늘, 고삐 풀린 망아지처럼, 뛰어다닐 수 있는 행복'을 노래한 「가을날에」는 계절의 변화에 따라 한없이 설레는 마음의 상태를 변화하는 자연의 모습으로 그려내고 있으며, '노을에 젖은 산자락, 곱게 화장한 살살이꽃, 단물 고인 감나무의 홍시, 풀벌레 소리에 빠져드는'「가을」에서는 풍요로우면서도 청초한 계절의 정취가 한 폭의 수묵화로 그려지고 있습니다.

긍정적인 삶의 자세

어떤 사람이 낙천주의자에게 물었답니다.

"만약 당신이 모든 친구를 잃는다면 행복할 수 있나요?"

"친구는 잃었어도, 내 자신은 잃지 않았으니 행복하지요. 하하하."

"만약 길을 가다가 진흙탕에 빠졌는데도 그렇게 웃으시겠습니까?"

"그럼요. 빠진 곳은 깊은 연못이 아니라 고작 진흙탕이잖아요. 하하하."

"모르는 사람에게 뒤통수를 맞아도 기분이 좋으시겠습니까?"

"그럼요. 칼로 찔린 것보다야 낫죠. 하하하."

『무지개 원리』라는 책에 나온 이야기라고 합니다.

삶에 대한 긍정적인 사고와 익살은 보다 부드럽고 즐거운 생활환경을 만들어 나갈 수 있다고 합니다. 이필정 시인의 시를 보면 일상 속에서도 모든 일을 가급적이면 긍정적으로 보고 겸손하고 소박하게 살면서, 명랑하고 희망적인 분위기를 만들어 나가는 사람일 거라는 생각을 갖게 합니다.

> 지저귀는 새소리/ 맑은 물소리
> 꽃 피는 소리/ 모두가 일상인 걸//
> 많은 것 너무 큰 것/ 욕심내지 말고
> 네게 주어진 하루도/ 소중히 여기고
> 예쁘게 채워가는/ 아름다운 사랑으로
>
> 손에는 나눔이/ 발에는 건강이
> 얼굴에는 미소가/ 마음에는 여유로움이//
> 온 세상 가득 무지갯빛
> 멋진 하루가 되었으면 좋겠다.
> ―「멋진 하루」 전문

이 시에서는 크고 많은 것에 욕심 내지 말고 나에게 주어진 하루를 소중히 여기며 아름다운 사랑으로 채워 나가면 온 세상이 무지갯빛이 되지 않겠느냐고 했습니다. 이 시를 읽으면서 문득 '긍정적 사고'의 창시자 노먼 빈센트 필(Norman Vincent Peale 1898~1993)을 떠올렸습니다. 하루는 그에게 사업에 실패하고 절망한 50대 남자가 찾아왔습니다. 남자는 자기에게는 아무것도 없다고 했습니다. 필 박사는 종이를 내놓으며 그래도 남은 재산이 있을 테니 적어보라고 했습니다. 남자는 적을 것이 전혀 없다고 했습니다. 그러자 필 박사는 다음과 같이 물어서 남자의 대답을 적었습니다. "부인은 아직 살아계시지요?" "네, 있습니다." 이어서 자식이 있는지, 친구는 어떤지, 스스로는 정직한지, 건강상태는? 하고 물어서 남자의 대답을 종이에 적었습니다. 그리고는 적은 종이를 남자에게 보였습니다. '1. 건강하고 마음씨 고운 아내. 2. 힘이 될 만한 세 명의 자녀들. 3. 도와주겠다는 의리 있는 친구. 4. 곧이곧대로 살아가는 정직성. 5. 아직은 양호한 신체적 건강' 그리고 노먼 박사는 말했습니다. "당신은 아직 이렇게 귀한 재산이 있습니다." 그러자 남자는 새로운 희망을 갖고 돌아가 행복하게 살았다는 것이었습니다.

새해를 맞이하며 조국의 번영과 평화를 기원하는 「기해년 새해 아침」, 을씨년스러운 칼바람 속에서도 운동복차림으로 집을 나서며 한 아름 희망으로 맞이하는 「여명」, 떠오르는 붉은 태양을 바라보며 인생의 목표를 새롭게 다지는 「다짐」, 다시 밝아오는 새해 새아침에 새로운 희망으로 다가오는 「바람」 등이 모두 한결같이 어려운 현실도 긍정적으로 파악하여 새로운 희망으로 받아들이자는 내용들입니다. 이러한 작품들은 그늘과 양지는 항상 함께 붙어 있으며 겨울이 추울수록 봄은 더욱 화창하다는 평범한 진리를 깨우쳐주고 있습니다.

인연의 소중함을 생각하며

인연因緣이란 말은 참 많이 쓰는 말입니다. 그런데 그 말이 갖고 있는 의미를 구체적으로 생각해 보는 기회는 적은 것 같습니다. 쉽게 생각하고 많이 쓰는 말이기 때문일 것입니다. 국어사전에는 '유래, 내력, 서로의 연분' 등으로 풀이 되어 있습니다. 그런데 풀이말이 어렵습니다. 그래서 국어사전의 뜻풀이와는 다르게 풀어보겠습니다. 인연은 씨앗과 환경이란 뜻입니다. 인因은 씨앗을 뜻하고 연緣은 환경을 말합니다. 씨앗은 만나는 환경이 중요합니다. 오염된 땅이나 메마른 사막을 만나면 어떤 씨앗도 싹이 틀 수 없습니다. 썩거나 말라버릴 것입니다. 알맞은 환경, 즉 좋은 풍토에 심어져야 싹이 트고 자라서 꽃이 피고 열매를 맺습니다. 이런 씨앗이 나쁜 환경을 만남은 악연이고 좋은 환경을 만남을 선연이라고 합니다.

'악마와 천사도'를 그리게 된 다빈치는 꽃밭에서 뛰노는 귀여운 아기를 모델로 천사를 그린 뒤에 악마의 모델을 찾아나섰습니다. 그러나 알맞은 모델을 못 찾고 십여 년이 지났습니다. 그런데 어느 빈민촌에서 한 사나이를 만났습니다. 깡마르고 험상궂은 인상의 사나이는 원망에 가득 찬

핏발선 눈으로 쳐다보았습니다. 다빈치는 악마의 모델을 찾았다 하고 가까이 다가가니 사나이는 눈물을 흘렸습니다. 그는 십여 년 전에 천사의 모델이었던 사람이었습니다. 생활환경이 바뀌면서 사람이 그렇게 변했던 것입니다. 풀밭에 살고 있는 메뚜기는 풀이 파랄 때는 몸이 파랗다가 가을이 되어 풀이 말라가면 몸 색깔도 마른 풀색으로 변합니다. 자신을 보호하기 위해 주변의 색과 제 몸 색깔을 맞추는 것입니다. 인연은 이런 것입니다.

> (앞 줄임) 잘해 보자고 인연 맺어
> 사업파트너로 함께 한 세월
> 기억의 끝자락 붙들고 안간힘 써도
> 걸음 멎게 하는 단절의 벽
> 못 본 채 발길 돌리는구나
>
> (중간 줄임) 모진 바람 불어
> 상처만 주고 떠나는 사람
> 다시 생각하고 싶지 않은
> 인연의 끝자락
>
> 삶의 여정 수없이 부대끼어도
> 참고 인내한 세월 야속하여
> 앙금 쉬이 가시지 않는구나.
> ─「인연의 끝자락」 부분

사업파트너로 만난 사람은 서로가 서로에게 씨앗이고 환경입니다. 좋은 씨앗이 되고 좋은 환경이었다면 사업이 잘 되었을 텐데, 그렇지 못했습니다. 모진 바람은 메마른 모래바람일 수도 있고, 차가운 눈바람일 수도 있습니다. 사업을 잘못되게 한 상대방을 상징적으로 표현하고 있습니다. 그래서 인연은 악연이 되어 돌아섰지만 세월은 야속하고 가슴속의 앙금은 쉬이 가시지 않는다고 했습니다. 인연의 끝자락은 아픈 상처뿐입니다. 이것은 잘해 보자고 인연을 맺은 것은 순연인데 같이 사업을 하는 동안에 환경이 바뀌어서 악연이 되었다고 할 수 있는 경우입니다.

시 「인생길」 같은 경우는 살아가면서 겪게 되는 악연을 순연으로 바꾸는 내용이라고 할 수 있습니다. 사람이 세상에 태어나는 일도 전생의 오랜 인연에서 비롯되는 것이라고 합니다. 태어남은 흘러가는 인생길의 시작입니다. 인생길은 쉬거나 멈출 수 있는 길이 아닙니다. 덧없는 세월 속을 뜬 구름처럼 쉼 없이 가는 것입니다. 가다가 돌부리에 채이고 나뭇가지에 긁히고 구렁텅이에 빠지기도 합니다. 이런 일은 뜻하지 않게 오는 악연이라고 할 수 있습니다. 그러나 세상을 보는 눈과 생각이 맑은 호수처럼 반짝이면 가는 길은 순탄하고 꽃이 피고 행복이 넘치리라고 했습니다. 쉬운 표현 속에 깊고 넓은 뜻이 담겨 있습니다.

업장소멸을 위한 비원

또 하나 주목할 것은 「아름다운 노년」, 「이순耳順」, 「환갑」 등 황혼이 가까워오는 인생노정에서 어쩔 수 없이 느끼게 되는 감상이며, 어머니를 그리는 정이나 세상을 떠난 망자를 위한 7재(49재)에 드리는 축문들입니다. 먼저 「그리운 어머니」를 보겠습니다.

> (앞 줄임) 집채만 한 파도와 세찬 풍랑에
> 유유히 그을린 구릿빛 얼굴로
> 삶을 건져 올리던/ 안내가 향기롭다
>
> 마음에 생긴 가시들은
> 마음에 앙금 끊으면 사라진다며
> 일깨워 주던/ 가르침이 평화롭다
>
> 굽이굽이 생로병사 인생의 고갯길
> 홀로 말없이/ 니르바나 연꽃향기
> 그윽한 길로 떠나시다
>
> 언제 다시
> 무지개 꽃그늘이 아름다운 날
> 내 곁에 신록으로 다가와 서성이는
> 흔연한 어머니를 볼 수 있을까.
> ─「그리운 어머니」 부분

어머니를 그리는 정을 노래하고 있습니다. 부처님은 천 개의 눈과 천 개의 손으로 중생의 고통을 살피고 어루만질 천수천안관세음보살을 사람마다 다 보낼 수 없어 관세음보살을 닮은 어머니를 모든 사람에게 보냈다고 했던가요?

자신의 뼈와 살을 저며서 나를 빚어놓고도 내가 지고 갈 짐도 자신이 모두 지고 가려는 것이 어머니입니다. 그런 어머니의 사랑과 회생을 '세찬 풍랑에 삶을 건져 올리던 어머니의 향기, 마음의 가시들을 지우면 평화롭다던 어머니의 가르침, 니르바나 연꽃 향기 속으로 말없이 떠나신 어머니 모습' 들을 그리는 정이 가슴을 찡하게 하고 있습니다. 그 어머니가 무지개 꽃그늘이 아름다운 날, 신록처럼 내 곁으로 다가올 수 있었으면 하는 간절한 비원이 가슴을 울려주고 있습니다.

또 '7재'에 드리는 축문을 시로 쓴 일은 드물고 어려운 일인데도 이필정 시인은 업장소멸을 위해 장인의 49재에 초재부터 막재까지 축문을 시로 써서 올렸습니다.

(앞줄임) 사랑의 그리움 뒤로한 채
만추의 낙엽처럼/ 영원히 먼 곳으로

꽃길 따라 떠나니/ 이 슬픔 어찌하리오
오열의 눈물만 하염없이 흐른다.
　　　　　　—「이별(7재 중 초재 축문)」 부분

(앞줄임) 이승에서의 인연/ 모두 놓으시고

(중간 줄임) 구구만리 떠나는 길

부처님의 가피력으로

구름 바람 물소리 벗삼아

극락세계에 편안히 잠드소서

　　　　　　　　　　　—「발원發源(7재 중 막재 축문)」 부분

　7재는 불교식 장례법에 따른 의식인데 7일마다 7차례 49일간 재를 올리므로 49재 또는 칠칠재라고도 합니다. 사람은 죽은 뒤 혼령이 7일마다 죽고 태어나기를 49일간 일곱 번을 거듭하는데, 그동안에 망자의 공덕이 심판을 받고 심판의 결과에 따라 다음에 가게 될 곳이 정해지므로 더 좋은 저 세상으로 가도록 하기 위해 드리는 중요한 의식입니다. 여기에 매번 재를 올릴 때마다 축문을 드린다는 것은 참으로 어렵고 귀한 일입니다.

　우리의 자연을 사랑하듯이 전통을 귀히 여기고 조선(祖先)을 지극히 존경하고 받드는 시인의 고귀한 정신을 엿볼 수 있어 더욱 기쁘고 존경스럽습니다.

풀꽃 같은 인생

초판인쇄 · 2019년 3월 22일
초판발행 · 2019년 3월 30일

지은이 | 이필정
펴낸이 | 서영애
펴낸곳 | 대양미디어

출판등록 2004년 11월 제 2-4058호
04559 서울시 중구 퇴계로45길 22-6(일호빌딩) 602호
전화 | (02)2276-0078
팩스 | (02)2267-7888

ISBN 979-11-6072-040-2 03810
값 10,000원

＊지은이와 협의에 의해 인지는 생략합니다.
＊잘못된 책은 교환해 드립니다.

이 도서의 국립중앙도서관 출판시도서목록(CIP)은 서지정보유통지원시스템 홈페이지
(http://seoji.nl.go.kr)와 국가자료공동목록시스템(http://www.nl.go.kr/kolisnet)에서
이용하실 수 있습니다.(CIP제어번호 : CIP2019010927)